De la peinture
partout, partout, partout...

Karen Beaumont

ILLUSTRATIONS DE David Catrow

TEXTE FRANÇAIS D'HÉLÈNE RIOUX

Éditions
SCHOLASTIC

Moi, j'adore dessiner

sur le plafond,

sur le plancher,

sur les murs,

sur la porte et les rideaux.

La couleur, c'est tellement beau,

que j'en mets partout, partout,

jusqu'au moment où, tout à coup,

j'entends maman qui lance un cri…

La peinture, C'EST FINI!

La peinture, c'est fini, c'est fini.
Plus jamais de peinture, c'est promis.

C'est ce que je me dis…
Mais comment m'en empêcher?
Non, impossible de résister.

J'aurais vraiment un air de fête,
si, avec le rouge, je peignais ma...

TÊTE!

Maintenant, la peinture, c'est fini.

Ah! juste un dernier petit coup
de pinceau dans mon…

COU!

Maintenant, la peinture, c'est fini.

Mais avant,
il faut que je dessine
une spirale sur ma...

POITRINE !

Maintenant, la peinture, c'est fini.

Tiens, et pourquoi pas
quelques jolies fourmis sur mon…

BRAS!

Maintenant, la peinture, c'est fini.

La peinture, c'est fini, c'est fini.
Plus jamais de peinture, c'est promis.

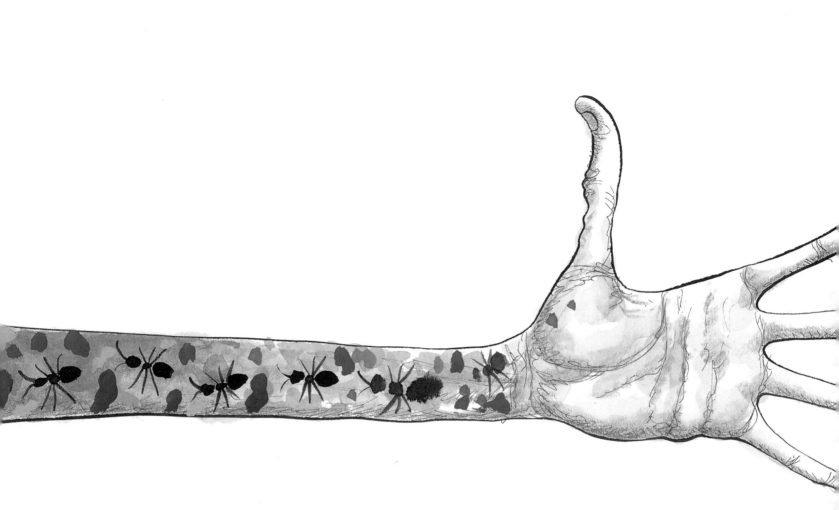

Mais pourquoi attendre demain
pour peindre un visage dans ma...

MAIN!

Maintenant, la peinture, c'est fini.

Ce serait
quand même rigolo,
si, avec le noir,
je peignais mon…

DOS!

Maintenant, la peinture, c'est fini.

Un œuf de Pâques...
il me semble
que ce serait
amusant sur ma...

JAMBE!

Maintenant, la peinture, c'est fini.

Pourtant, comment
puis-je m'arrêter
avant de colorier mes…

PIEDS!

Maintenant, la peinture, c'est fini.

La peinture, c'est fini, c'est fini.
Plus jamais de peinture, c'est promis.

Mais d'abord, il faut qu'on me laisse
mettre de la couleur sur mes…

Plus de peinture, c'est bien dommage.
Il faudra bien que je sois sage.

La peinture, c'est bien fini.
Promis!

Pour mes adorables filles, Nicolyn et Christina,
qui colorient mon univers de leur amour.
— K.B.

Pour Hillary, avec amour.
Tes dons les plus précieux restent encore à découvrir.
— D.C.

Catalogage avant publication de Bibliothèque et Archives Canada

Beaumont, Karen
De la peinture partout, partout, partout... / Karen Beaumont;
illustrations de David Catrow; texte français d'Hélène Rioux.

Traduction de : I ain't gonna paint no more.
Pour les 3-6 ans.
ISBN-13 : 978-0-439-94277-5
ISBN-10 : 0-439-94277-2

I. Catrow, David II. Rioux, Hélène, 1949- III. Titre.

PZ23.B415 De 2007   j813'.54   C2006-905688-9

Les illustrations ont été créées à l'encre et à la peinture.
Pour le texte, on a utilisé la police de caractères Garamouche.

Sélection des couleurs : Colourscan Co. Pte. Ltd., Singapour.
Conception graphique : Judythe Sieck.

Éditions
SCHOLASTIC
www.scholastic.ca/editions

ISBN-13 978-0-439-94277-5
ISBN-10 0-439-94277-2

90000

9 780439 942775